Made in the USA
Monee, IL
24 December 2021

87103284R00056